Disney · PIXAR

RATATOUILLE

Cours, Rémy, cours !

PRESSES AVENTURE

Tous droits réservés aux niveaux international et panaméricain, selon la convention sur les droits d'auteurs aux États-Unis, à Random House, Inc., New York et, simultanément au Canada, à Random House of Canada Limited, Toronto, concurremment avec Disney Enterprises, Inc.

Paru sous le titre original de : *Run, Remy, Run!*
Ce livre est une production de Random House Inc.

Publié par **PRESSES AVENTURE**, une division de
LES PUBLICATIONS MODUS VIVENDI INC.
55, rue Jean-Talon Ouest, 2ᵉ étage
Montréal (Québec)
Canada H2R 2W8

Dépôt légal - Bibliothèque et Archives nationales du Québec, 2007
Dépôt légal - Bibliothèque et Archives Canada, 2007

Traduit de l'anglais par : Germaine Adolphe

ISBN 13 : 978-2-89543-403-0

Nous reconnaissons l'aide financière du gouvernement du Canada par l'entremise du Programme d'aide au développement de l'industrie de l'édition (PADIÉ) pour nos activités d'édition.

Gouvernement du Québec — Programme de crédit d'impôt pour l'édition de livres — Gestion SODEC

Cours, Rémy, cours !

par Kitty Richards

illustré par Disney Storybook Artists

Voici Rémy.

Rémy n'est pas

comme les autres rats.

Il trotte sur deux pattes.

Il lit des livres.

Il regarde la télé.

Il veut être chef cuisinier !

Un jour, Rémy s'est perdu.
Il se retrouve à Paris.

Rémy observe un garçon
faire une soupe.

Le garçon renverse la soupe.
Que va-t-il faire ?

Le garçon prépare une autre soupe. Mais la soupe est ratée !

La verrière s'ouvre.

Rémy tombe !

Rémy tombe dans l'évier.
Nage, Rémy, nage!

Rémy est sorti de l'eau. Mais il a peur.

La cuisine est encombrée.

Cours, Rémy, cours !

Rémy voit une

fenêtre ouverte.

C'est la sortie.

Grimpe, Rémy, grimpe !

Oh non ! Rémy tombe dans une marmite.

Saute, Rémy, saute !

Il tombe dans un plat !

Saute, Rémy, saute !

Rémy voit le garçon.

Le garçon goûte la soupe.

Beurk !

Cours, Rémy, cours !

Mais Rémy s'arrête.

Il sent la soupe.

La soupe ne sent pas bon !

Rémy va l'améliorer.

Cuisine, Rémy,
cuisine !

Oh oh !

Le garçon

observe Rémy.

Le chef regarde le garçon.

Il est en colère.

Personne n'a rien remarqué.
La soupe est servie !

Est-ce que la
soupe est bonne ?

Oui !

Ce rat sait cuisiner !